KB141413

하늘빛 푸른 소망

하늘빛 푸른 소망

초판 1쇄 발행   2022년 9월 30일

지은이 | 이서연
만든이 | 이한나
펴낸이 | 이영규
펴낸곳 | 도서출판 그린아이

등록 연월일 | 2003. 12. 02.
등록 번호 | 제2-3893호
주소 | 서울특별시 은평구 녹번로 6-11, 201호
전화 | 02)355-3035
이메일 | gmh2269@hanmail.net

ISBN 979-11-91376-11-1(03810)

하늘빛 푸른 소망

이서연 시집

그린아이

시는 내 영혼 그 자체이다. 때로는 야단스럽게, 때로는 고요하게, 또 때로는 침묵으로, 때로는 수척한 채로 비틀거리며 방황하는 내 영혼의 모습이다. 나는 내 영혼을 사랑한다. 내 영혼의 모습을 투명하고 영롱한 시어로 빚어내는 순수한 작가가 되고 싶다. 그리고 내 이름 그대로 멋진 글 잔치를 한 번 벌여보고 싶다.

이런 당선 소감을 썼던 것이 벌써 7년 전이다. 이제까지 시를 여러 문학지에 발표하면서 내 시집을 갖는 꿈을 꾸었다. 4년 전 시집을 내려고 준비한 적이 있었는데 덜 익은 과일을 섣불리 수확하려고 하는 것 같아 그만두었다. 첫 시집을 내는 설레임, 기쁨보다 두려움이 더 컸던 것 같다.

이번에 여기저기 흩어져 있는 시를 한 곳에 모으고 정리를 해 보니 240여 편이 되었다. 그중에 초창기에 쓴 시 75편을 골라 첫 시집을 내려고 한다.

내 삶이 얼마나 남았을지는 하나님만이 아시지만 정말로 많은 독자들이 내 시를 읽고 힐링할 수 있는 그런 좋은 시를 써서 2집, 3집…… 연달아 내고 싶은 욕심이 생긴다.

나의 길을 예비하시고 인도해 오신 하나님, 시를 쓸 수 있는 달란트를 주신 하나님께 영광을 올려 드린다. 더불어 오늘 시집을 내기까지 지도해 주신 신영옥 선생님과 김태호 선생님, 그리고 부족한 시를 읽으시고 시평을 해 주신 김지원 시인님, 도서출판 그린아이 이영규 사장님, 시를 읽고 격려해 주신 많은 문우님들께 감사를 드린다. 언제나 말없이 지켜보며 독자로서의 평을 아끼지 않은 남편과 딸에게도 고마운 마음을 전하고 싶다.

*참고로 시집에 게재된 그림은 본인이 직접 그린 작품임을 밝혀 둔다.

惠山 **신영옥**(시인, 인문학연구사)

국문학 박사 이서연 시인의 첫 시집 〈하늘빛 푸른 소망〉 상재를 축하드립니다.

이서연 교수는 일찍이 국어국문학을 전공하고 중고등학교와 대학에서 후학을 양성한 유능한 교육자입니다. 공직에서 퇴임한 후에야 비로소 시 부문 등단 과정을 마친 이서연 시인, 그가 공식적인 문인으로 활동한 기간은 길지 않으나, 고전문학의 심도 높은 연구와 교직에서의 실질적인 경력을 소유한 학자로서 정서적 인지적 이입을 적절히 표출하면서 본인만의 시 세계를 꾸준히 구성해 가고 있습니다. 따라서 창작되는 시편들은 자연이나 인간의 본성에 근거를 두고, 아름다운 언어로의 표현과 인간미의 세밀한 정서까지 예리하고 친숙하게 읽어냄으로써 독자와의 소통과 공감을 자아내는 좋은 시를 창작하고 있습니다.

이서연 시인과는 같은 기독교인으로서 〈큰숲문학회〉에서 현대시를 연구하고, 〈한국문인협회〉〈한국크리스천문학가협회〉〈한국좋은시공연회〉〈탈후반기 시동인〉〈서울시단〉 등 여러 문학 단체에서 수년간 함께 활동하고 있습니다.

어떤 일에 다른 사람을 추천한다는 것은 매우 조심스럽고 어려운 일이지만 그와 함께한 시간들에서 이웃에 미치는 영향력이나 공직 퇴임 후에도 적재적소에서 알찬 강의로 청중의 열띤 호응을 받으며 활기를 불어넣어 주고 있는 이서연, 때로는 힘겨운 나날을 보내고 있는 참담한 이들에게 삶의 길을 열어 주며 상담의 문을 열고 나서는 그를 바라보며 '좋은 작품은 좋은 인품에서 나온다.'라는 말에 긍정의 갈채를 보냅니다.

　이서연 시인의 생명 사랑, 자연 사랑, 문학 사랑, 투철한 역사관과 나라 사랑이, 시詩문학으로 表現하는 재능이 독자들에게도 속속들이 전파되기를 바랍니다.

　급속도로 변화하는 시대 문화와 인류의 심미적인 정서를 정의롭게 아우르는 품격 높은 시 세계. 명시를 창작하여 세계 만방에 울려퍼지기를 소망하며 이서연의 첫 시집에 선뜻 추천의 말씀을 올립니다. 감사드립니다.

차 례

제1부 꽃길

제2부 갈대숲에서

제3부 꿈속에서

제1부
꽃길

가는 길

새벽길
꽃잎 카펫을 깔았구나

꽃보라 흩날려
꽃잎 쌓인 연분홍 언덕길

작은 미련조차 남기지 않고
훌훌훌 버리고 떠나는 길

소명 다한 삶
화사하고 정갈한 마무리

벗꽃, 목련꽃, 진달래
모두가 가는 길.

*새벽기도를 마치고 나오다 간밤에 바람이 불어 꽃잎이 수북이 떨어져
  쌓인 것을 보고.

꽃샘추위

봄볕
하늘하늘 춤추며 온다

따사로운 기운
스멀스멀 밀려 올라오고

땅속 생명들
꿈틀꿈틀 기지개 켜며 일어난다

저만치 쫓겨가던
매운 바람 눈발 흩날리며 다시 쳐들어온다

눈 부시시 뜨고 올라오던
꽃망울 화들짝 놀라 입을 꼬옥 다물고

연두빛 새순
가녀린 입술 파르르 떤다

아무리 시샘하여도
연초록 봄꿈 막을 수 없네.

*갑자기 추워진 꽃샘추위, 진눈깨비 흩날리던 날.

고목나무

밑동엔 커다란 구멍이 뻐엉 뚫리고
이파리 하나 매달지 못했어도

나에겐 치열한 꿈이 있었지
열정적으로 살았던 세월 있었지

비바람 몰아쳐도 당당하게 맞서고
눈보라 속에서도 의연하게 견뎠던

이젠 꺾이고 찢어진 육신 위로
한 줄기 햇살이 비치네

세상 나그네들
생각에 생각을 낳게 하는
산파의 역할이 아직 남아 있네

기인 침묵 속
아무도 묻지 않았네
아무에게도 말하지 않았네

어쩌면 수십 권 수백 권을 써도 남을
전설적 이야기가 화석이 되어 가고 있네.

*동작대 가다가 산책로에서 고목나무를 보고.

눈꽃

새하얀 은빛 나라
태초의 거룩함으로 모든 허물을 덮어 줄게

삭풍이 할퀴고 지나간 쓰라린 자리
새살이 돋게 감싸 줄게

겉은 차갑고 날카로워도 속은 따뜻해
마른 삭정이 같은 영혼 촉촉한 윤기를 더해 줄게

머지않아
봄날에 새순으로, 또 꽃으로 피어나렴

잠깐 세상
여린 햇살에 자리 내어주곤
흔적 없이 깔끔하게 사라지는 예의바른 꽃.

*나뭇가지에 얼어붙어 핀 눈꽃, 햇살 떠오르자 눈꽃은 없어지고
  나뭇가지에 자주빛이 도는 걸 보고.

단풍잎

미세한 소슬바람에도
전율!

불이야
맹렬히 타오르던
혼불!

삶의 꼭지점 바라보며
아! 탄성소리

온 천지 가득 찬
설레임!

아무런 감흥 없이 살던 삶
사유의 절절함!

이미 준비해 온
한 점 망설임 없는 이별!

훌훌훌
털어버리고 떠날 수 있는
완전한 사랑!

*경북 상주 갑장산의 단풍을 보고.

동양란 꽃 한 송이

진초록 이파리
줄기 없이 쏘옥 올라왔네요

휘어져도 부러지지 않는
유연함이 넘쳐 흐르는 고상한 자태
아무도 모르게 조금씩 자라

꽃대궁마다
올망졸망 꽃망울 터뜨리면
노오란 속살을 거침없이 드러내고
온 천지를 가득 채운 향기로움

바람은 바람대로
물은 물대로
햇볕은 햇볕대로
소명을 다하여 꽃을 피웠으련만

꽃 또한
자랑하지 않는 겸손함을 배워
값진 삶의 진리를 깨닫게 하네요.

*선물로 받은 동양란 화분을 들여다보다 노오란 꽃대궁이 올라와 있는
 걸 보고 깜짝 놀라다.

이슬방울

밤 새워
어둠 속을 달려왔나 보다

비취빛 연잎 위로
동글동글 구르는
맑고 고운 천사의 눈물방울

깨질까 두려워
연잎도 고이 받쳐 들고 새벽을 맞는다

오직
소망은 하늘에 두고

어둠 속에서도
어둠에 물들지 않은
가여운 영혼들을 위해

두 손 모아 기도하다
햇살 퍼지고 어둠이 물러가면
조용히 하늘로 오르는 천사의 눈물방울.

*부여 궁남지에서 연잎에 맺힌 이슬을 보고.

뭉게구름

몽글몽글 뭉게구름
비취빛 바다를 떠 간다

뽀얀 치맛자락 들고
진흙탕 튀길까
동동동 까치발로 간다

엎어질라
푸른 물살 가르며
살살살 흔적 없이 바람보다 먼저 간다

비취빛 하늘 깔끔한 뒤태에 반하여
쫓아가다 나동그라지면

시퍼런 멍 문지르며
눈물을 펑펑 쏟아낸다
허공에선 휘파람 소리 들린다.

*오전엔 푸른 하늘에 하얀 뭉게구름이 떠 있더니 오후엔 먹구름으로
변하여 소나기가 쏟아지다.

봄비

재롱둥이 손자 같다
눈웃음 살살 치며 와서
병원놀이 하잔다

청진기로
여기저기 꾸욱 꾸우욱 눌러보고
겨우내 부족했던 영양제, 항생제, 각성제
주사를 놓는다

아야얏!
새순이 눈을 뜨고
꽃잎이 살며시 고개를 든다.

*보슬비 보슬보슬 내리는 봄날에.

숲

머얼리에선
큰 나무만 보인다

가까이 가서 보면
작은 나무도 보인다

자세히 들여다보면
향기로운 풀꽃들의 잔치

그 속에
풀벌레 소리, 새들의 지저귐
계곡물 흐르는 소리

어깨의 높이는 달라도
소리와 향기는 달라도

서로 다름을 탓하지 않고
하늘빛 푸른 소망을 이루며 살아간다.

*94년도 학교 교지에 권두시로 실렸던 시.

풀꽃

바람 방향 따라
눕히면 눕고
흔들면 흔들리고

비 오면 오는 대로
흐음뻑 맞아 파리해진 입술
앙다물고 견디다가

노오란 햇살 쏟아지면
상처투성이 몸
발딱 일으켜 꼿꼿이 세우고

꼬옥꼭 숨겨놓았던
향기 내뿜으며
'나 잘했지' 한다.

*여름 장마 끝자락 장마철을 잘 이겨낸 풀꽃이 대견하다.

여우비

환한 얼굴로
아무리 웃어 보여도
속으로 흐느껴 울던
눈물을 어찌하랴

누가 볼세라
얼른 후두둑 흩뿌리고
아무것도 아닌 척
아닌 척해 봐도

아는 사람은
다 알지
그 속 깊은 곳
찢어지는 아픔을

아픈 내색 한 번 안 해도
아무에게도 말하지 않는
아무에게도 말할 수 없는
잊은 듯, 잊힌 듯
살아가지만

잊을 수도 없고
잊힐 수도 없고
버릴 수는 더더구나 없어
여전히 쌓여가는 아픔으로
후두둑 눈물을 떨구고
재빨리 웃어 보이는 말간 하늘.

*구름 한 점 없는 여름날, 후두둑 떨어지는 여우비를 보고.

빈 평상

은빛 햇살이
빈 평상에 조용히 앉아 있네요

수다쟁이 바람
지나가며 놀자 하네요

더운 한낮
무료함이 시간을 깨우고

나무 한 그루
시원한 그늘 만들어 주며 더 놀다 가라네요

비우고 낮추니
모두가 친구가 되네요.

*삼복 더위에 평상마저 텅 비어 있는 것을 보고.

꽃길

자갈밭 끝에서 만나는
꽃길이 반갑다

꽃길만 이어진다면
꽃길은 더 이상 꽃길이 아니다

비바람 한 조각 불지 않는다면
어둠과 빛이 존재하지 않는다면
잡초도 자라지 못하는 황폐한 땅에
어찌 꽃이 피어나랴

꽃길엔
추억이 될 사진이 함성을 지르고
예쁜 꽃 이야기가 별처럼 반짝인다

누군가의 자갈밭에도
꽃길이 만들어지면 좋겠다.

*청량한 어느 가을날, 코스모스 꽃밭에서.

겨울나무

팍팍한
하늘을 올려다본다

가슴속
깊디깊은 속에서 널 돌아보라 소리친다

봄
여름
가을
나름 열심히 가꾸며 살아온 날들

풍요로움
다아 되돌려 주고
나신裸身 그대로 있어도 부끄럽지 않아

차디찬 바람 몸부림치는 벌판에서
두 팔 하늘 향해 벌리고

한 점
흐트러짐이 없는 겨울나무.

*겨울 가로수길을 걸으며.

제2부
갈대숲에서

전원생활을 꿈꾸며

도심 한복판에 살면서
전원생활을 꿈꾼다

정원엔 멋진 소나무 몇 그루
담장 밑엔 철 따라 피는 꽃들
조그마한 텃밭엔 야채 심어 가꾸고

꽃 필 때마다 혈육 지인들 불러
우리 쉼터에 놀러 오게나

솔바람 솔솔 불어오는 나무 밑에서
싱싱한 나물 반찬에 꽃잎 한 장 얹어 먹으면서

바람처럼 왔다 가는 인생
복잡한 세상사 다 내려놓고

냉랭해진 마음은 비워내고
따뜻한 마음으로 채워가라고.

*노후에 전원생활을 꿈꿨으나 아직도 이루지 못한 꿈이다.

시골집

토담을 끼고 돌면
감나무, 대추나무, 오얏나무

작은 채마밭엔
올망졸망 고추, 가지, 오이, 상추

작은 화단엔
복숭아꽃, 채송화꽃, 나팔꽃

아홉 놈 데리고 살 부비고 살 땐
시끌벅적 호롱불 하나 켜 놓아도 환했었지

장성한 자식 놈 하나, 둘 도회로 가고
텅빈 마당 지키던 노모마저 떠나간

등가죽 뼈만 앙상하게 남은
아무도 살지 않는 작은 시골집.

*시골에서 폐가가 된 옛날 집을 보면서 안타까움이 일다.

돌담

낡은 몸으로
홀로 버티고 선
꼬부라지고 휘어진 돌담길

이젠
내려앉고 휘어져
어머니 등뼈 같은 돌담

추운 겨울
볕을 쬐던 아이들의
정겨운 이야기와 웃음소리

그리워
홀로 늦은 햇살 놀다 가며
젖은 내 등을 말려주마

호박덩굴 돌담을 타고 오르면
괜찮아, 괜찮아, 난 괜찮아
등 내밀며 여린 순 다독여 준다.

*시골 폐가 돌담에 아무도 심지 않은 호박덩굴이 뻗어 나가고 있는 걸 보고.

홍시

맑고 투명한 주홍빛
가슴 설레게 하는 고향의 빛깔이다

광 한켠에
볏짚 한 켜, 홍시 한 줄
켜켜이 놓여 있던
생각만 해도 푸근한 유년 시절

아직도
살얼음 사각사각하던
차갑고도 달달함이 배어나오는
생생한 그 맛

값없이 나누었던
속 깊은 정
순수의 결정체

가슴속 깊이 감추어 두었던
그리운 사랑의 맛이다.

*어린 시절 광 한켠에 홍시를 만들어 놓고 주셨던 어머니가 그리워진다.

도토리묵 만들기

도토리를 깐다
도토리묵을 쑤어본 적도 없으면서
옛날 어머니 해주시던
묵밥의 쌉싸름한 맛

물에 담갔다가 까는 것도 여간 일이 아닌데
절구에 찧고 체에 쳐서 말렸다가
떫은맛 우려내고 묵을 쑤어
이렇게 손이 많이 가는 음식인 줄 몰랐다

떠오르는 얼굴
해진 손끝이 아닌
마음이 아려오는 이유는 뭘까

도토리를 까면서 가만히 불러본다
어머니!

*용인 법화산에서 도토리를 주워 와서 도토리묵을 만들며.

빈틈

빈틈이 있어 좋다

바람도 슬며시 들어오고
햇빛도 알랑알랑 비쳐들고
꽃향기 물씬 풍겨날 수 있는 빈틈

서로에게
빈틈을 내어주며 살자
빈틈으로 들어가
안아주고 위로해주자

사람 사는 냄새가 좋다
빈틈이 있어 좋다.

*완벽 추구보다 약간의 빈틈이 있어야 친근감이 간다.

묵밭

바랭이, 쇠뜨기, 망초, 쑥
나비 한 마리 날아오지 않는
들풀 무성한 산기슭
가로 누운 땅
한때는 옥토였지

질긴 삶에 맞섰던
억센 아낙의 심장 한 조각
감자, 고구마보다 더 굵었던 사랑
깨어진 사금파리 흔적으로
이 땅 지키고 있었네

그리움이
칠월의 햇살을 뜨겁게 달구고
반세기 훨씬 지나 돌아온 고향
낯설기만 한데 처음으로 심은
고구마, 옥수수, 도라지

이젠
나비가 날아오려나

벌떼들이 에에엥 날아들까
땀과 눈물로 범벅이 된
추억 속의 어린 딸은
옥토가 보고프다.

*부모님이 물려주신 밭에서 어머니를 생각하며.

매미

기인 긴 세월을
땅속 캄캄한 어둠 속에서 살다가

단단한 나무줄기
예쁜 초록 이파리 속에 몸을 숨기고
처음 바라본 세상

파란 물빛의 하늘가에 하얗게 떠도는 구름
자연과 하나 되는 축복은 찬양이 되고

생명의 유한함을 깨닫는 은혜는
기도가 된다

밤낮으로 부르짖는 애절한 호소에
열리는 하늘문

밝고 환한 빛이 쏟아져 내릴 때
순전한 영혼은 허물을 벗고
기뻐 두둥실 떠올라 하늘로 간다

이 땅 위에 남겨진 투명한 허물조차
구원의 증표가 된다.

*매미가 벗은 허물을 보고.

책갈피 속 네잎클로버

누렇게 색이 바랜
사십여 년 전 선물로 받은 책

책장을 주르륵 넘기다
가지런히 꽂힌 네잎클로버를 본다

잊지 않을 거야
잊지 못할 거야
글씨가 차암 얌전하다

난 잊고 있었구나
네잎클로버의 기도가 있었다는 것을

네잎클로버 위로
눈물방울 툭툭 떨어진다.

*고등학교 때에 친구가 준 책을 펼치다가.

인연

다람쥐 쪼르르르
어딜 가나 했더니

어머!
작은 동굴 있었네

도토리 몇 알
저장해 놓고

햇살 가득한
누구도 더할 수 없는 자리

머리만 사알짝 내밀고
행복한 미소 짓길래

나도 미소만 보여주고
발길 돌렸네.

*산책길에서 만난 다람쥐를 보고 다람쥐 같은 어린 친구가 생각나서.

금낭화

새벽별 지기 전에
잠자리 훌훌 털고 일어나

하얀 옥양목 앞치마 두르고
새벽밥 짓던 어머니

조랑조랑 매달린 자식들
흰 쌀밥 배불리 먹이고파
정화수 한 그릇 떠놓고
그렇게도 두 손 모아 기도하시더니

빨간 두 입술 사이로 미어지듯
들어가는 하얀 쌀밥 보며 여한이 없다
함박웃음 짓던 어머니

하루도 허리 펼 날 없었건만
조랑조랑 매달린 자식들 못잊어
빠알간 두 입술 사이로 하얀 밥알 물고
금낭화 한 줄기 꽃으로 현신하신 어머니.

*통도사 서운암에서 금낭화를 보고.

키질을 하고 싶다

어릴 적 키질하던 엄마는
신기하게도 알곡과 껍질을 잘 골라냈다
알곡인 양 웅크리고 숨어 있던
빈껍데기까지 용케 잘 골라냈다

요즘엔 시골에도 키질하는 사람이 없다
키도 박물관에나 가야 볼 수 있다
그런 때에 느닷없이 키질이 하고 싶어진다

삶의 팔부 능선을 넘어가고 있는 요즘
이젠 빈껍데기는 버리고
알곡 몇 개만 소중히 간직하며 가고 싶다.

첫눈

눈송이 으깨질라
두 손 모아 받는다

스마트폰에 달린
현미경으로 들여다보니

너의 속마음이
요렇게 예쁠 줄이야

오래전에 떠난 임 자리에
반기던 미소 눈물 꽃으로 홀로 피어난다.

그네

늘 흔들리는 일상과 마주한다
실바람에도 민감하게 반응하며
박차고 뛰어나가 환호하고 싶어 한다

꽃나무와 만나면
향내 가득한 작은 꽃잎 되어 팔랑거리고
하늘 끝에 닿으면
하늘빛으로 물들고 싶어 한다

비단구름 모았다 흩었다
출렁다리 위에서 밀고 당기며 춤을 추다가도
숙명의 끈은 수평을 수직으로 가르고
보이지 않는 한계와 마주한다

되돌아올 수밖에 없는
삶의 여정 속에서
한 조각 남은 여백은 신선한 호흡이다

풀숲에 숨은 밤
고요한 달빛 별빛 모아들이며
내일을 꿈꾼다.

갈대숲에서

말없이
손을 잡고 걷는다

백년해로의 꿈
하늘하늘 춤추는 갈대숲에서
노을빛 사랑이 무르익는다

사랑했노라 말하지 않아도
따스함은 서로를 휘감고 돌아 반평생
매서운 서릿발도 녹여내는 갈대숲

바람 불어 흔들릴 때마다
깍지 낀 손 더욱 굳게 잡고 간다.

*순천만 갈대숲에서.

제3부
꿈속에서

탄생

우주의 비밀을 안고
점 하나 툭 떨어졌네

점과 점이 만나
어떤 선을 그으며 살아갈까

선과 선 사이로 스며든
햇빛 풀빛, 물빛 어우러져

하얀 도화지 속에 그려지는 일생
아주 예쁘고 멋진 그림을 그리면 좋겠네.

아기

넌
아주 작은 몸으로 내게 왔다

상큼한 산소 한 줌
조그마한 손아귀에 쥐고서

풀꽃같이 여린 미소로
겹겹이 싸고 두른 내 가슴을 확 열어 놓았다

생명이라는 이름의 거룩함이
나의 가슴에 안겨

세상의 어느 빛보다도
더 밝은 빛, 더 깊고 따스함으로
고통은 잠시, 행복함으로 넘쳐난다.

평행선

만날 수 없는
너와 나
숙명이런가

옛 사연
전설처럼 안고

서로
용납할 수 없는 아픔 때문에

가슴속에 고인 눈물을
퍼내고 또 퍼내도 고이는 눈물

공간상에서는
평행선도 만난다는 어느 수학자의 말처럼

애절한 그리움은
그립다 못해 한스러움으로 변하여

어느새
너에게 달려가 하늘에 맞닿아 있다.

언니

헐레벌떡 달려오더니

"너 이거 먹어"

손바닥만한 떡 한 조각
한 입 베어 무는데
물끄러미 바라보고 있는 언니

"언니도 먹어"

귀퉁이 조금 떼어 주니
활짝 웃던 얼굴.

아픈 날

이제까지
살아온 날들이 아프다

못한 것이 많아서
안한 것이 많아서

이제는
버릴 수가 없어서

마음을 어루만질 때마다
눈물이 울컥울컥 솟아나는데

그것을
너에게 말할 수조차 없어서
어떻게 말을 해야 할지 몰라서

두터운 벽 때문에
신음하며 끙끙 앓고 누워
까맣게 속 타들어가는 날

오랜만에
바라보는 애잔함
아는지 모르는지
돌아서 가는 뒷모습을 보며

너는
어떤 마음일까.

머슴

어린 시절
나이 든 머슴이 있었지

늘 일 잘한다
칭찬이 마를 새 없던

비 오는 날도
그 많은 비를 다 맞으며 밭갈이하던

일 년에
쌀 두어 섬 새경을 위해

묵묵히
제 할일을 다하던

그게
바로 내 모습일 줄이야.

장승

한평생 같이 갈 수만 있다면
나란히 서 있는 것만으로도

천하를 다 얻은 것 같은 대장군
지하를 다 품은 것 같은 여장군

동구 밖 어귀에서
마냥 부풀어 오른 기대와 설레임
함께 기다리는 행복

같은 방향을 바라보며
길도 마을도 다 변했건만
천년 약속의 기원

오늘도 두 눈 부릅뜨고 기다린다.

기다림

빨간 우체통을
대문 앞에 걸어 놓았더니

지나던 꽃구름 걸음 멈추고
봄이 곧 올 거라 한다

햇살 아래
더욱 눈부시게 반짝이던 눈꽃

새순이 돋고
흐드러지게 꽃이 피어나면

지난 겨울 떠난 철새도
곧 온다며 안부 전한다.

이별 행사

백 마디 말보다 더
큰 깨달음

회색빛 연기 속에
구십 평생이 타고 있다

돌아가는 길
애도의 눈물 대신
웃음꽃을 선물하고 갔나 보다

영정 속 사진도 활짝 웃고
자손들도 화안히 웃고
조문객들도 덩달아 웃고

홀가분하게
축복하면서 축복 속에서
하늘나라로 떠나가나 보다.

*2018년 시고모님을 보내면서.

사부곡思父曲

부모는 산에 묻고
자식은 가슴에 묻는다더니

아버지 가신 지 20년
세월 갈수록
더해지는

절절한 그리움
그리고 후회.

바위

아버지란 이름으로
굳건히 버티고 서서

속으로 삼켰던 눈물의 양만큼

굳어진 세포 조직
암癌을 키웠네

비바람 온몸으로 막아주던
무한한 자식 사랑

찢어지는 아픔조차
내색 없이 견뎌내며

살아온 세월의 양만큼

바위에는
이끼꽃 피었네.

꿈속에서

돌이켜보니
아버진 푸근한 둥지였네

많은 자식 키우느라
고됨도 마다하지 않으시던 아버지

늘 자식 자랑
때론 피눈물 감추시고
허허허 웃으셨지만

텅빈 등골 속에 고인
고뇌와 눈물 미처 보지 못했네

늦가을 마른 가랑잎처럼
작은 숨소리조차 지켜보기 힘들 때

앞에서는 한 방울의 눈물도 떨구지 못하고
돌아서서 주체할 수 없이 흐르던 눈물
허망함이 봇물처럼 터져 올라
하늘과 땅을 갈라 놓았네

지금도
자주 꿈속에서 대전행 기차를 타네
눈물이, 아버지의 눈물이, 유별났던 딸의 눈물이
뿌연 풍경 속 또렷이 살아나는 영상 위로 떨어지네.

기일

휘어렁청 밝은 보름달
달빛 속으로 유유히 엄마는 떠나가셨다

늘
어떤 일이 있어도 울지 말라고

울면
남들이 흉을 본다고

엄마의 말 때문에
난 울 수가 없었다

55년 동안
목젖이 울울하도록 울고 싶을 때에도
울음을 삼키며 살았다

큰 상 가득
차려질 음식은 쏟아내고 싶은 수많은 사연이다
그리움이다

하늘 한가운데에 보름달이 자리 잡으면
맘껏 울고 싶다, 울고 싶은 날이다

그러나 역시 울지 못하고 조용히 불러본다
엄~~~~~~~마

먹먹해지는 가슴속에
보름 달빛이 화안히 안겨 온다.

추모공원에서 친구를 기리며

코스모스 같던 내 친구
며느리로, 아내로, 엄마로, 딸로

아무리 어려운 일에도
남 얘기하듯 하하 웃으며
해탈한 듯하더니

어느 날
병실에서 만나
육십 살았으니 많이 살았다던
열심히 최선을 다해 살았으니
우린 잘 산 거라고

화창한 오월
어쩜 저렇게 새순이 예쁘니
어쩜 날이 이렇게 좋으니
병실에 앉아 비로소 보였던 것들

코스모스 피기도 전에
공원 묘원 아파트로 이사를 갔네

아직 눈물 마르지도 않았는데
벌써 일 년이라니.

물멍

흘러가는 물을 누가 무색이라 했는가
가슴 저리도록 그리운
짙은 그리움의 색인걸

누가 무심히 흐른다고 했는가
깊이를 알 수 없는 그 속마음

다 자란 딸과 함께 물멍을 하면서
멍 때려야 하는데 멍 때릴 수 없는 이유
튀는 물방울의 수만큼 많은 회한과 고뇌가
물속 별빛처럼 고요하고 차갑네

물 흐르듯이 순명에 따라 살면서
갈증 달래주던 상큼한 사랑을 아낌없이 주고
생수처럼 맑고 곱게 살다 간 분을 위하여
새벽기도는 더없이 경건하네

시간도 상념도 흘러
나도 먼 하늘의 별이 된 후에
내 딸은 또 어떤 그리움을 안고 물멍을 하게 될까.

제4부
별이 된 꽃

여행

설레임

아무 계획 없이
발길 닿는 대로 가다 보면

바람 속을 휘잡아 떠도는
달무리, 별무리의 만남

어느 겨를에
경계는 무너지고
속 깊은 이야기 주고 받는다

언제 어디서
또 만나랴

여행 끝나는 날
가슴속 길이 남을
추억의 한 페이지가 된다.

강변북로

수많은 별들 내려와
강변에 모였네

꼬리에 꼬리를 물고
달려가는 빛의 무리들
우주쇼를 펼치나

어디서
요런 예쁜 빛들이 모여와
향연을 펼치나

바라보기 나름이지
인생사 모두 나름대로 예쁜 빛이거늘

한 걸음 물러나 바라보게나
아름다운 별빛이 여유롭게 빛날 걸세.

객지

땅 설고
물 설고
마음도 설어서

매년 지내보는 겨울인데도
유달리 싸아한 바람일세

옷깃을 여미고 또 여며 봐도
뼛속 깊이 파고드는 칼바람

한없이 움츠러드는 회색빛 하늘
오돌오돌 떨고 있는 가로등 하얀 불빛

싸고 두르고 막아 봐도
자꾸만 시려오는 작은 자취방 문턱

나뭇잎 사이로 일렁이며 춤추던 달빛도
또르르 눈물 흘리며
아랫목 찾아 돌아가는 밤

낯선 얼굴들 익혀가노라면
다음 해에는 한겹 추위가 덜어지려나.

고구동산

이른 새벽
새들의 맑고 고운 소리에 눈을 뜬다면
시골 어디쯤이려니 하겠지만
서울 동작구 상도동

북쪽은 차가운 바람 막아주는 산
남쪽은 환히 트여 관악산 전경 보여주는 곳

뒷동산 고구동산에 오르면
흥겨운 음악에 어우러진 춤
둘레를 도는 이들의 이야기 층층이 쌓이고
젊음 발산하는 농구, 점잖은 노인의 게이트볼
가족 스포츠 하얀 셔틀콕이 날개를 펴고
기공 수련하는 고함소리에 화들짝 놀라 달아나는 산새들

타원형 나무 그네 앉으면
남산타워, 인왕산, 북한산, 멀리 도봉산까지 보이고
기도하는 손 모양 여의도 63빌딩이 황금빛으로 빛난다

서울의 대동맥
2,3분마다 한강철교를 달리는 지하철
올림픽도로, 팔팔도로, 강변북로에
새벽 별빛을 실은 자동차 행렬이 화려하다

정원이 멋진 단독주택 골목길을 따라
담장엔 능수화가 오가는 이를 반기고
저마다 싱그러운 산소를 뿜어내는 나무들
서로서로 따뜻한 눈빛으로 인사를 나누네.

달마공원에 가다

남편과 손잡고 달마공원에 간다

남들이 보면
우릴 부부랄까, 애인이랄까, 연인이랄까, 내연이랄까
쓸데없이 싱거운 농담을 던지면서

산등성이를 따라 올라가면
나뭇가지 사이로 얼핏얼핏 보이는 푸른 한강
바람보다 빨리 줄달음쳐 달려가는 자동차
숨이 가빠 할딱거린다

잣나무 숲속 피톤치드장
무인도서장에서 시집 한 권을 빼서 읽어준다

시낭송 소리에 산소가 뾰글뾰글 올라온다
맑은 공기방울이 폐문을 열어 상큼함을 선물하고
젊어서 누릴 수 없던 황혼의 황홀함이 스며든다

이제 갈까

조금 더 올라가 볼까
눈빛 하나로 마음과 마음은 서로 맞닿아 있다

드디어 동작대에 오른다
마포의 하늘공원이 보인다
저기는 어디, 어디라고 잘난 척을 해도
웃으며 들어줄 수 있는 여유가 있다

그래
소소한 행복을 나누며
남은 생 이렇게 함께 가는 거야.

유월의 장미
―현충원에서

이 땅의 울타리가 되어
지키고자 했던
그대들의 넋이 꽃으로 피었는가

가슴에 묻고
한결같은 사랑으로 버텨내려고
한평생 목메어 부르다 간
이 땅의 아버지, 어머니의 애달픈 사랑이
그대들의 모습으로 다시 태어났는가

유월의 장미여
이 땅을 더 붉게 선홍빛으로 물들여
그대들을 잊지 않게 하라

그대들의 이름 석 자 적힌
돌 위에 이끼꽃으로 가득 덮이어도
길이길이 이 땅의 지킴이로 자리매김하고

이 땅을 사랑한 넋이여
더욱더 찬란한 이름으로 피어나라
겨레 사랑의 이름으로 영원하라.

교동도의 늦가을

바다와 맞절하는
텅빈 가을 들판에 퍼진 노을빛 분수

철조망 걸려 찢어진
상처투성이 한반도의 애끓는 사연
섬의 굴절된 하소연 들으며
마음 아파하고 있다

무지개빛 꿈의 다리 놓여져
배 들어오던 항구는 문 닫아걸고
휴양림 펜션에 빼앗긴 손님

해안가 도로를 따라
눈길조차 주지 않고 훌훌 떠나는 철새

뒤꽁무니를 쫓아가는
늙은 여관 주인의 시선이
황량한 바람을 일으킨다.

쌍계사 가는 길

섬진강변
연분홍 벚꽃 터널

홀린 듯 들어서서
취한 듯 걸어 보네

살랑살랑 부는 바람
하늘하늘 지는 꽃잎

꽃보라 속에
사람조차 꽃무리로 어우러져

천天, 지地, 인人의 아리따움
눈 속에 꼭꼭 눌러 담아
누구에게 전해 줄까.

KTX를 타고

세월이 좋다
서너 달 걸려 갈 길
서너 시간에 간다

눈 머물 새 없이
마음 줄 새도 없이
줄달음쳐 지나간다

드넓은 들판의 풍요로움도
수려한 산세의 아름다운 풍광도
만남과 헤어짐의 애틋함도

내 것 아닌 것이 없고
오로지 내 것인 것도 없다
광활한 우주 속 찰나의 꿈이다
그저 모두가 스쳐 지나갈 뿐이다.

해동용궁사의 해맞이
―밀레니엄 해맞이

행여 잠들면 못 볼까
하얗게 지샌 밤

인파 행렬
바닷가 절벽 옆으로 아슬아슬 붙어
오르막길 헐떡이며 올라가고

까치발 서서 기다리는 염원
깊은 동해바다 불덩이로 품었다가

하늘로 뻗쳐오르는 청아한 새벽 기운
청룡의 용트림으로 토해내는 불기둥

살폿 받아안는 물안개 치맛자락
해탈한 부처도 뛰어나와 반긴다.

학춤
─통도사 스님들의 학춤을 보고

전생에 학이었나 보다
뽀오얀 깃털 세워 날기도 전에
통도사 서운암 처마 끝
날렵하게 먼저 날아오른다

있는 것 같으면서도 없고
없는 것 같으면서도 있구나
멈출 듯하면서도 흐르고
흐르는 듯하면서도 멈추는구나

삶은 무게 없이 가뿐가뿐 살라 한다
해탈은 멀리 있지 않고 내 속에 있는 것을
사위어 가는 계절 속에 번뇌 빛깔이 곱다

1막 2막 3막 흥 오를수록 마음 비워간다
한꺼번에 학들이 떼지어 날아오른다
군중들도 함께 비상한다

재빨리 구름이 자리를 비켜주자
하늘도 경이로움에 빠져든다.

록키산맥 트래킹 중에

캐나다의 하늘 푸르름에 눈이 시리다
통통한 흰빛 구름 동동동 물장구에
한 줄기 바람이 일어 에메랄드빛 호수 탐을 내고
호수 안에 산수화 한 폭 거꾸로 매달고 있다

신이 준 선물 마냥 부러워
마음 한구석에 아이콘을 만들고
클릭 한 번으로 끌어와 숨긴다

어린아이가 몰고 가는
자전거 뒤따라가며
빵빵 소리 한번 내지 않고
기다려 주는 마음 너무 예뻐서
몰래 훔쳐 가슴속에 숨긴다

빙하 녹아 휘몰아쳐 내리지르는 폭포 물소리
감히 엄두도 못 내고 뒤로 물러서서
그저 부러움으로 몸살 앓는
빼곡히 들어찬 내 안의 덧없는 욕심에
등불을 밝혀 덧옷을 벗긴다

돌아오는 길
텅빈 마음에 깊숙이
손을 찔러 넣어본다
에메랄드빛 눈 녹은 말간 물이
철철 넘쳐 소망을 적신다.

조호바루의 골프장에서

작은 연못 앞에서
몸이 오그라든다

팔을 쭈욱 뻗어 힘껏 쳤는데
반도 못 나가
쪼르르르 퐁당

하늘이 파르르 떨며
수제비를 뜨고

물그림자 여울지다
쪼그라든 세포 느슨하게
풀어야 한다고 일러준다.

별이 된 꽃
―육영수 여사의 생가를 찾아서

척박한 땅에서 꽃이 피었다
꽃이 되고자 하지 않았으나
사람들은 그를 꽃이라고 불렀다

꽃이 선혈의 피를 쏟으며
별이 되었을 때
거리는 쏟아져 나온 눈물로 뒤덮였다

세월의 강물은 흘러도
별에서 향기가 나는 것은
그가 이 땅의 수수한 어머니였기 때문이다
여린 순 감싸주던 포근한 사랑이었기 때문이다

오늘도
애잔한 발길로 찾아든 교동 한옥
대청마루에서 대접하는 향긋한 차 한 잔
찻잔 속에 어리는 우아한 그의 모습이 그립다.

흔적
—정지용문학관을 찾아서

당신은 가고 생가만 남았네요
물처럼 흐르는 시
담장을 넘으려다 넘지 못하고
깃발처럼 걸려 있네요

퇴색한 흑백사진이
가난을 달고 살던 시대의 유물로 남아
초가집 안방을 지키고 있네요

잃어버린 땅과 꿈을
눈부신 햇살 춤추듯 섬세한 필치로 그려내어
가을 들녘에 맑은 영혼들
향수에 젖게 하네요

분단의 벽이 삼켜버린
당신의 흔적 찾을 길 없어
헛제사밥을 차려 놓고 돌아섭니다.

제5부
가을 기도

가을 기도

가을은 비취빛 하늘로부터 옵니다
투명하고 맑은 영혼을 안고 옵니다

소슬바람도 하늘로부터 옵니다
어디로 가야 할지 영안靈眼을 열어줍니다

따스한 햇살도 역시 하늘로부터 옵니다
어떤 이웃으로 살아야 하는지 사랑을 보여줍니다

하늘, 바람, 햇살이 따로따로 있지만
온누리가 하나님의 손안에 있습니다

우린 하늘, 바람, 햇살을 닮으려 합니다
오직 은혜와 평강이 넘치는 하나님나라를 이루려 합니다

하나님의 뜻 안에서
우리는 사랑으로 하나 되어 손잡고 살아가려 합니다.

이유

나를 이곳에 보내신 뜻은
아침 햇살처럼 어둠을 걷어내고 살아보라고

가녀린 영혼들
초록빛 풀잎에 맺힌 영롱한 이슬처럼
상처를 투명하고 맑게 닦아주라고

이 세상에 홀로 와서
아파도 혼자서 울 수밖에 없는
어린 영혼들 따스하게 감싸 안고 살아가라고

나를 이곳에 보내신 뜻은
하나님의 영광을 드러내며
이름없는 풀꽃처럼 향기롭게 살아가라고.

*지역 아동센터(고아원)에서 상담 봉사를 하며.

하나님께 드리는 편지

하나님
성령님 제게 오소서

첫 새벽
십자가 보혈로 정결해진 내 영혼이
당신을 찬양하며 기도로 하루를 시작합니다

늘
십자가에서 피 흘리신 당신을 생각합니다
저는 당신 안에, 당신은 제 안에 있어
두려워하지 않고 오직 기도로 나아갑니다

형제를, 이웃을, 하물며 서운하게 하는
이들을 위해 기도할 때 마음은 뜨거워지고
온유와 겸손과 오래 참음을
삶 속에서 행하려 합니다
참으로 어렵다고 느낄 때 당신의 위로를 듣습니다

하늘나라 생명록에 기록되고
인치심을 받았다고 확신할 때

무한한 행복감으로 아버지를 바라봅니다

'하나님'
'성령님 제게 오소서'
저는 당신 안에, 당신은 제 안에 있어
기쁨과 감사가 충만한 하루였음을 고백합니다.

평생 부를 나의 노래는

당신의 은총은 투명한 햇살입니다
조그만 풀잎, 향그론 꽃잎, 풍성한 열매에도
햇살의 따사로움 없이는 한 치도 자랄 수 없습니다

당신의 숨결은 싱그런 생명입니다
숲속 새의 날갯짓에도, 물고기의 세밀한 움직임에도
생명의 싱그러움 없이는 존재할 수 없습니다

당신의 자애로움은 하늘과 땅 위의 축복입니다
무수히 많은 별에 있는 사람들에게도
하루를 살아갈 수 있는 힘이 됩니다

늘 부어주시는 은총과
늘 살아갈 수 있는 생명과
늘 주관하시는 우주의 섭리를

깨닫는 순간
감사를 넘어 아름다운 찬양이 됩니다.

불완전연소

세월의 그을음이 가득하다
새까만 공포의 발자국이 선명하다

낡은 고물상에서 값을 매긴다
보수해야 할 게 많고
바꾸어야 할 것도 있단다

세상은 매혹적인 눈빛으로 유혹했고
거부의 몸짓은 너무나 미약했음을 안다
불완전연소 된 삶은 시공간을 가로질러
봇물 터지듯 나약해진 육신을 훑고
무심하게 산 대가라 한다

그럴 나이가 됐지요란 말에서
절망은 분수처럼 솟는다

세포는 같이 죽고 같이 산다
사소한 느낌도 놓치지 않으려고
바로 보고 사선으로 비껴도 보고
그을음을 연신 깨끗이 닦아내려 한다
완전연소로의 회복을 꿈꾸면서.

치매

그토록 떠나고 싶다던 여행이다

모든 걸 다 잊고
모든 인연의 끈들을 뚝뚝 잘라
한 오라기 실도 걸치지 말고
훌훌 벗어버리고 떠나고 싶다던

기억은
썰물처럼 빠져나가
널널해진 바닷가 해안의 하얀 모랫벌에
백치처럼 주저앉아 웃고 있는 한낮

우주 끝까지 가보기 전엔
결코 돌아오는 일이 없으리라
도돌이표 없는 인생길이
얼마나 다행인지 몰라

분노도, 증오도
기대의 저편에 있는 사랑이건만
이젠 그 기억마저 비워놓고
마지막 여행을 기다리는 우주인

해맑갛게 웃으며 떠날 수 있는 여행이길 빈다.

낮달

코비드19 무서워
하얗게 질렸나 보다

별들로부터
격리되어 홀로 떠 있구나

마스크로 반만 가린 채
자가격리 중
홀로 앓고 있구나.

중환자실

우주여행을 떠날 참이다
왔던 별로 다시 돌아올 수도 있고
낯선 별로 날아갈 수도 있고
그건 신神만이 알 수 있는 일이다

산소통 매달고
영양제 주머니 차고
그 외 오물주머니까지 달고
고상한 인품도, 체면도 없이
오직 삶과 죽음의 경계에 누워 있다

세상이 그렇게 좋았던 것만도 아닌데
소중했던 것도 이젠 아무런 의미가 없는데
하늘의 별만큼이나 많은 번민 때문에
가슴속 가래가 들끓고 있다

부활을 꿈꾸는 자,
귀환을 기다리는 자 모두 애가 탄다

누구나 걸어 나가고 싶어 한다

누구나 걸어 나오는 걸 보고 싶어 한다
누구나 가슴 벅찬 환희로 맞이하고 싶어 한다

그러나
우주의 무중력 상태에선 자유로움이 없다
아무것도 할 수 없어서
아무것도 해줄 수가 없어서
그저 안타까울 뿐이다

간절한 기도 외에는
이젠 오직 신神만이 할 수 있는 일이다.

어느 미혼모의 고백
—아들을 입양 보내며

엉겅퀴밭에 떨어진 사랑의 씨앗이라 했다
엉겅퀴 줄기가 몸을 휘감고
엉겅퀴 가시에 사정없이 긁혀
미움과 질시, 증오를 낳았다며
열 달 내내 밤낮없이 울었다

생명은 비장한 숨소리를 토해내면서
차마 못할 짓이라도 할까 봐
엄마를 부르며 잡은 손을 놓지 않았다고
영혼을 다 빼앗겨버린 눈빛으로
백지장처럼 창백한 고백을 읊조렸다

꽃이 되려거든 민들레꽃이 되어라
멀리멀리 날아가서 새로운 꿈을 꾸어라
육십 평생을 서로 그리워하며 살지라도
미움도 증오도 질시도
다 견디어낼 수 있는 것은

모진 생명의 절규
사랑과 향기를 잃지 말기를 바라는

나이 어린 엄마의 기도라는 것을.

*미혼모 상담을 하며.

세상 속으로

우린 세상 속으로 흘러가며 산다
홀로 있으면 두려워
세상 속으로 흘러가기를 열망하며 산다

많은 사람들이 어깨를 부딪히며 걸어도
아랑곳하지 않고 제 갈길을 간다

눈 한 번 마주치지 않아도
푸지게 관심을 갖는 사람이 없어도
매무새며, 얼굴이며, 스타일에 신경을 쓰고
무리 속에 섞여 있기를 소망하며 산다

옳고 그름이란
유리하냐, 불리하냐의 다른 이름일 뿐

참된 자아를 찾으러 무리 속으로 간다
무리 속에는 무리만 있을 뿐
이미 잃어버린 자신은 어디에도 없다

그럼에도

내가 너이고, 네가 나이기를 기대하며
늘 세상을 이기는 꿈을 꾸는
이탈하지 않는 철새가 되고 싶어 한다.

신세대 사랑법

앳된 소년 소녀가 지하철을 탄다
막 작은 꽃봉오리 봉긋 솟아오른 것 같은
우유빛 피부를 가진 애와
솜털이 채 벗겨지지 않은 훤칠한 남자애가
서로 뜨거운 눈길을 주고받는다

잡은 작은 손을 부비고 볼에 갖다 대고
허리를 콕 찌르고
미소가 꽃처럼 피었다가 흩어진다

남자애 가슴에 살포시 얼굴 묻었다가 눈을 맞춘다
여자애 얼굴을 감싼 손이 어쩔 줄 모르고
벙긋벙긋 화답한다

저렇게 좋을까, 참 예쁘다
관중들의 시선은 아랑곳하지 않는다
오직 둘만의 세계

마음 들킬세라 감추기 바빴던 세대는 마냥 부러운데
열차가 정거장에 닿고 문이 열리자

"똑바로 못 앉아!"
여자애의 등짝을 후려치고는
한 노인이 재빨리 내려 사라진다

돌발적 상황
잠시 후 여기저기서 웃음이 터진다.

사춘기

자유롭게 날고 있다고 부러워하지 마세요
푸른 하늘에 닿아보지 않은 새는
구름 한 조각도 두렵답니다

방향도 목적도 없이 나부댄다고 나무라지 마세요
세상은 넓고 가 보고 싶은 곳, 해 보고 싶은 것
너무나 많은 소망이 화산처럼 불을 품고
가슴속에 숨어 있답니다

주는 먹이만 받아먹으면 얼마나 좋으냐고
묻지 마세요
둥지 틀고 먹이 잡아내는 날카로운 눈은
하루아침에 열리지 않는 걸 아시잖아요

생각 없이 깃털의 날을 세운다고 혼내지 마세요
상처받을 때마다 깃털을 하나씩 뽑으며 견디어낸
아무도 알아주지 않는 고통의 날들을 지나
비로소 뜨거운 불새로 자란답니다.

서울 허수아비

새 아파트 입주 시작

아파트 화단엔
어디서 뽑혀 왔는지 모를 장성한 소나무
그 아래로 작은 꽃나무들까지
이사로 분주하다

한쪽 구석에 쪼그리고 앉은 허수아비
쫓을 참새도, 지킬 나락도 없는 서울에서
노년의 가을을 앓고 있다

알알이 영글어 풍성했던 들판
가꾸고 지킬 수 있었던 황금빛 태양의 꿈
젊음이 파도처럼 물결쳤던 때를 그리워하며

아직 앉아 있을 작은 자리나마 있음에
늦가을 한 줄기 여린 햇볕에 기대어
텅빈 마음을 감사로 채운다.

지금에야

당신이 거대한 산이었음을
지금에야 알았습니다

당신의 품으로 모여든
새들이랑, 풀꽃이랑, 나무들이랑,
작은 곤충까지도 모두 보듬고 키워내셨습니다

늘
산새들의 보금자리 걱정하시고
휘어진 나뭇가지 바로 잡으시며
작은 곤충도 제 할일 다 있다 하셨지요

또
연약한 풀꽃들 향해
비바람 이겨내라, 향기로워라
책 속에 진리가 있다 가르치셨습니다

인고의 세월 반세기
당신의 따사롭던 사랑은 그리움으로 자라
다 함께 부르던 노래는 산울림 되어 퍼졌습니다

척박하기만 했던 땅
당신의 피와 땀과 눈물을
아무도 모르리라 하시지만은

하늘이 알고
땅이 알고
지금에야 조촐한 향연을 펼칩니다.

*50년 만에 만난 초등학교 5,6학년 때 은사님께 드린 시.

굴뚝 청소부

중국발 미세먼지와 코로나로
안산에서 도봉산까지 뒤덮어서인지
짜오짜요 중구오렌을 외치던 그가 갔다

아직 의문부호가 많이 남아 있지만
영웅호걸을 노래하며 상여는 떠나갔다

앞도 옆도 뒤도 꽉 막아버린
코로나도 미세먼지도 대단한 놈이다

뚫어~~~~

위아래 막힌 통로를 열어
연기 잘 빠지고 불도 활활 타오르게 하던 굴뚝 청소부

이 시대에
갑자기 그 옛날의
굴뚝 청소부가 그리워진다.

작품 해설

몰아沒我의 세계에서
탈아脫我의 세계까지
—이서연 문학의 한 단면

몰아沒我의 세계에서
탈아脫我의 세계까지
─이서연 문학의 한 단면

김지원

시인, 전 한국크리스천문학가협회장

1.

관조란 고요히 바라보는 것이니 극도의 감정을 배제하고 감정 밖에서 바라보는 달관의 세계다.

따라서 관조적 시의 경우 시적 대상이나 사물을 바라볼 때 동적인 상태에서 인식하거나 사유하지 않고 정적인 상태에서 대안의 세상을 바라보는 것이다. 이런 이유로 삶의 본질을 꿰뚫는 경지에서만 보이는 원숙한 세계라 할 수 있는데 이러한 것을 바탕으로 화두를 던지거나 깨달음을 주는 알레고리를 담고 있는 경우가 많다.

물론 시詩도 연륜을 따라 성장한다. 특별한 경우 시력과 상관없는 경우도 있지만 일반적으로 시간의 흐름에 따라서 자라고 결실한다. 젊은 날의 시는 푸른 풀밭처럼 왕성하고 무성하지만 감성의 파고에 치

우치는 경우가 많고 성장하면서 원숙한 이미지로 나
타나고 관조의 시각을 갖게 되는데 이는 몰아의 세
계에서 벗어나야 비로소 보이기 시작하는 것들이라
할 수 있다.

> 은빛 햇살이
> 빈 평상에 조용히 앉아 있네요
>
> 수다쟁이 바람
> 지나가며 놀자 하네요
>
> 더운 한낮
> 무료함이 시간을 깨우고
>
> 나무 한 그루
> 시원한 그늘 만들어 주며 더 놀다 가라네요
>
> 비우고 낮추니
> 모두가 친구가 되네요
>
> —⟨빈 평상⟩ 전문

　빈 평상을 바라보는 시인의 시각은 한마디로 자신
을 비우고 낮추는 것이다.
　평등의 관계는 이런 바탕에서 시작된다는 새로운

인식의 세계다. 가득 차기를 바라고 높아지기를 바라는 일에 전심했던 지난 시간을 벗어나 낮아져야 높아지고 비워야 가득히 차고 넘치는 평등의 세상이 보이는 본질의 세계라고나 할까.

빈틈이 있어 좋다

바람도 슬며시 들어오고
햇빛도 알랑알랑 비쳐들고
꽃향기 물씬 풍겨날 수 있는 빈틈

서로에게
빈틈을 내어주며 살자
빈틈으로 들어가
안아주고 위로해주자

사람 사는 냄새가 좋다
빈틈이 있어 좋다.

-〈빈틈〉 전문

상기의 시는 빈틈없이 세상을 사는 사람들에게 역시 역설적이다. 그러나 이서연은 빈틈의 역설 속에서 오히려 삶의 여유가 무엇인가를 보여 주고 있다. 젊은 날의 시간표는 빈틈이 없는 시간표였다. 치열한 경쟁 속에서 다른 사람에게 약점을 보여 주지 않기 위해 노력했고 완벽을 추구했는지 모른다. 그러나 치열했던 터널을 빠져나온 지금 사람 냄새 나는 세상이란 결국 빈틈의 여유라는 메시지를 던지고 있다. 격랑의 파도를 지나온 후 비로소 깨달은 삶의 여유라고 할 수 있을 것이다.

2.

이서연의 시 가운데 이러한 달관의 세계에 접근할 수 있는 것 중 신앙은 중요한 촉매 역할을 하고 있다. 그의 작품들 중에 알게 모르게 이런 흔적들이 배어 있는데 신앙과 미학적 요소가 적절히 융화되어 자연스럽고 기독교시의 형상화에 무리가 없다.

새하얀 은빛 나라
태초의 거룩함으로 모든 허물을 덮어 줄게

삭풍이 할퀴고 지나간 쓰라린 자리
새살이 돋게 감싸 줄게
-후략-

-〈눈꽃〉 전반부

-전략-
어둠 속에서도
어둠에 물들지 않은
가여운 영혼들을 위해

두 손 모아 기도하다
햇살 퍼지고 어둠이 물러가면
조용히 하늘로 오르는 천사의 눈물방울.

                              -〈이슬방울〉 후반부

　결국 기독교 문학의 전형이란 직설적인 것이 아닌 우회적으로 전달하는 침묵의 메시지라 할 수 있다. 예를 들어 성경 에스더서는 1장부터 10장까지 하나님이란 단어가 단 한 번도 등장하지 않는다. 단지 히브리인들이 어떻게 포로로 잡혀 왔으며 환란을 당하게 되었는가만 기록되어 있다. 그리고 그 환란 속에서 어떻게 구원받을 수 있었는가 하는 사실이 에스더를 중심으로 기록되었을 뿐이다. 거기는 직설적인 표현도 없고 호교적인 권유도 없고 높은 톤의 설교도 없다. 단지 객관적인 사실만 나열되었을 뿐이다. 그러나 독자들은 에스더를 읽음으로 무언 중 하나님의 사랑을 깨닫게 되고 예정과 섭리를 알게 되는 것인데 이것이 바로 기독교 문학의 모범이라 할 수 있을 것이다.

-전략-

밝고 환한 빛이 쏟아져 내릴 때

순전한 영혼은 허물을 벗고

기뻐 두둥실 떠올라 하늘로 간다

이 땅 위에 남겨진 투명한 허물조차

구원의 증표가 된다.

-〈매미〉 후반부

3.

　전기한 바와 같이 이서연은 자신과 사물을 일치시키는 몰아의 체험이 작품 전 선행되고 있다. 그가 인식하고 목격하는 그의 시적 대상에 그는 일부가 되고 있다는 뜻이다.

-전략-

작은 미련조차 남기지 않고

훌훌훌 버리고 떠나는 길

소명 다한 삶

화사하고 정갈한 마무리

벚꽃, 목련꽃, 진달래

모두가 가는 길.
　　　-〈가는 길〉 후반부

　간밤에 불던 바람으로 모조리 떨어져버린 꽃잎을 바라보면서 느끼는 삶의 자취를 묘사한 작품인데 마지막 모두가 가는 길이라 하여 자신을 포함시키고 있다. 그리고 다음의 시 〈고목나무〉에서도 자신과 고목나무를 일치시키고 있다.

밑동엔 커다란 구멍이 뻐엉 뚫리고
이파리 하나 매달지 못했어도

나에겐 치열한 꿈이 있었지
열정적으로 살았던 세월 있었지
　　　　　-〈고목나무〉 전반부

　그리고 이보다 더 탁월한 솜씨로 흔히 동네나 마을 어귀에 세워진 장승을 바라보면서도 자신의 모습과 환치시키기도 한다.

한평생 같이 갈 수만 있다면
나란히 서 있는 것만으로도

천하를 다 얻은 것 같은 대장군

지하를 다 품은 것 같은 여장군

동구 밖 어귀에서
마냥 부풀어 오른 기대와 설레임
함께 기다리는 행복

같은 방향을 바라보며
길도 마을도 다 변했건만
천년 약속의 기원

오늘도 두 눈 부릅뜨고 기다린다.

-〈장승〉 전문

　마냥 부풀어 오르는 기대와 설레임으로 함께 기다리는 사람은 누구인가. 그가 말하는 천년 약속은 무엇인가. 그가 신앙하는 메시아인가, 아니면 자신인가. 애초부터 정해지지 않은 모호한 정체인가. 이는 마치 〈고도를 기다리며〉에서 블라디미르와 에스트라공이 나무 한 그루만 서 있는 시골길에서 누구인지도 모르는 고도를 기다리듯 기약 없이 기다리는 장승의 모습을 통해 독자들에게 되묻고 있다.
　마지막으로 상기의 시보다 짧으면서도 탁월한 에스프리로 자신과 이 시대를 살아가는 모든 사람들이 함께 공유할 수 있는 수발秀拔한 작품 한 편을 소개

하고 마친다. 이 한 편으로도 독자들은 이서연 시인
의 시적 능력을 능히 가늠할 수 있으리라 본다.

코비드19 무서워
하얗게 질렸나 보다

별들로부터
격리되어 홀로 떠 있구나

마스크로 반만 가린 채
자가격리 중
홀로 앓고 있구나.
　　　　　　　-〈낮달〉 전문